THE STEADY BOOK

KOKO JOURNAL MISSION

At Koko Journal, we want to help everyone find their true self and
live life without regrets through steady journaling.
Keep steady and connect your dots.

코코저널의 사명은 꾸준한 기록을 통해 모두가 진짜 '나'를 찾고 후회없는 삶을 살 수 있도록
돕는 것입니다. 꾸준히 나아가세요. 그리고 당신의 점들을 연결하세요.

 꾸준한 성장을 돕는 더 스테디 북
유저 커뮤니티 〈스테디타임〉

 다양한 기록법과 삶에 도움이 되는
책, 문구를 리뷰하는 유튜브 채널

THE STEADY BOOK

SINCE 2023
KOKO JOURNAL
HIGH QUALITY

Table of Contents

page	content

꾸준한 성장을 위한 추천도서 | Books for Steady Growth

성장
Growth

빨강 머리 앤 | Anne of Green Gables | 루시드 몽고 메리

피노키오 | Le Avventure di Pinocchio | 카를로 콜로디

월든 | Walden | 헨리 데이비드 소로

키다리 아저씨 | Daddy Long Legs | 진 웹스터

어린 왕자 | The Little Prince | 앙투안 드 생택쥐페리

관계
Relationship

이방인 | The Stranger | 알베르 카뮈

변신 | Die Verwandlung | 프란츠 카프카

오만과 편견 | Pride and Prejudice | 제인 오스틴

작은 아씨들 | Little Women | 루이자 메이 올컷

비밀의 화원 | The Secret Garden | 프랜시스 버넷

위대한 개츠비 | The Great Gatsby | F. 스콧 피츠제럴드

그리스인 조르바 | Zorba the Greek | 니코스 카잔차키스

크눌프 | Knulp | 헤르만 헤세

부와 잠재력
Wealth &
Potential

부는 어디에서 오는가 | The Science of Getting Rich | 월러스 워틀스

하루 24시간 어떻게 살 것인가 | How to Live on 24 Hours a Day | 아널드 베넷

크리스마스 캐럴 | A Christmas Carol | 찰스 디킨스

인간관계론 | How to win friends and influence people | 데일 카네기

오즈의 마법사 | The Wonderful Wizard of OZ | 라이먼 크랭크 바움

사람을 얻는 지혜 | Oráculo manual y arte de prudencia | 발타자르 그라시안

자아탐구
Self
Discovery

동물농장 | Animal Farm | 조지 오웰

1984 | 1984 | 조지 오웰

수레바퀴 아래서 | Unterm Rad | 헤르만 헤세

페스트 | La Peste | 알베르 카뮈

데미안 | Demian | 헤르만 헤세

하늘과 바람과 별과 시 | Heaven and Wind and Stars and Poems | 윤동주

노인과 바다 | The Old Man and the Sea | 어니스트 헤밍웨이

신앙
Faith

싯다르타 | Siddhartha | 헤르만 헤세

벤허 | Ben-Hur : A Tale of the Christ | 루 월러스

1 **나에게 성장은 어떤 의미인가요?**
What does growth mean to me?

2 **언제 가장 자신감 있고 행복한가요?**
When do I feel the most confident and the happiest?

3 **나의 완벽한 하루는 어떤 모습인가요?**
What does my perfect day look like?

4 **변화나 자기개발을 좋아하는 편인가요?**
긍정적인 변화하기 위해 어떤 마음가짐을 가져야 할까요?
Do I like change or self-improvement?
How should I get myself ready for it?

5 **가장 큰 성취는 무엇인가요?**
What thing do I consider my biggest accomplishment?

6 **큰 실패와 실수를 겪으면서 무엇을 배웠나요?**
What have I learned from my biggest failures and mistakes?

7 **벅찬 장애물을 보통 어떻게 극복하나요?**
How do I usually overcome daunting obstacles?

8 **나만의 매력은 무엇인가요?**
What is a unique trait that I admire about myself?

9 **살면서 더 하고 싶은 것은 무엇이고 그 이유는 무엇인가요?**
What do you I to do more of in my life and why?

10 **내가 원하는 삶을 살기 위해 놔줘야 할 대상은 누구/무엇인가요?**
What or who do I need to let go of to live the life I want?

11   **나 자신을 어떻게 돌봐야 할까요?**
How do I take care of myself?

12   **무엇에 열정을 바치나요?**
What am I passionate about?

13   **모닝/나이트 루틴이 있나요?**
What do my morning&night routines look like?

14   **버려야할 습관은 무엇인가요?**
What habits do I need to stop doing?

15   **만들고 싶은 습관은 무엇인가요?**
Which good habits could I add to my life?

16   **언제 의욕이 떨어지나요? 무엇이 의욕을 북돋아 주나요?**
When do I lack motivation and what keeps me going even when I'm demotivated?

17   **가장 존경하는 사람이 누구인가요? 이유가 무엇인가요?**
Who is my biggest role model and why?

18   **떠오르는 목표를 생각나는 대로 전부 종이에 적어보세요. 부담 없이요!**
Brain dump all the goals. No commitment. Just write them on paper.

19   **더 건강해지려면 어떻게 해야 할까요?**
What could I do to be healthier?

20   **어떤 책을 읽고 싶으세요? 이유는 무엇인가요?**
What types of books do I want to read and why?

| 21 | **올해 새롭게 배우고 싶은 스킬이 무엇인가요?** |
| | What is a new skill I want to learn this year? |

| 22 | **어떻게 해야 돈을 더 잘 벌고 관리할 수 있을까요?** |
| | How could I manage my money better and earn more? |

23	**어떻게 해야 올해 안에 지식 수준을 향상시킬 수 있을까요?**
	어떤 분야를 더 알고 싶으신가요?
	What could I do to further my knowledge this year? In what area?

| 24 | **어떻게 해야 나 자신 및 타인과의 관계를 향상시킬 수 있을까요?** |
| | How could I improve my relationships(with myself and others)? |

| 25 | **어떻게 해야 올 한해 동안 내 한계를 극복할 수 있을까요?** |
| | How can I get out of my comfort zone this year? |

| 26 | **이번주에 개선하고 싶은 한가지는 무엇인가요?** |
| | What's one thing I could improve about myself this week? |

| 27 | **올해 안에 달성할 수 있을 것 같은 단기 목표는 무엇인가요?** |
| | What is a short term goal I believe I can achieve within this year? |

| 28 | **언제, 어떻게 휴식을 취해야 할까요?** |
| | When and how should I take a rest? |

| 29 | **자기 성장 목표를 이뤄가는 과정, 혹은 달성 후에 스스로 어떤 보상을 주고 싶으세요?** |
| | How should I reward myself for the final outcome or the growing process? |

| 30 | **미래의 나에게 편지를 써보세요.** |
| | Write a letter to your future self. |

KARE Rhythm for Steady Growth

- **KARE(케어) 리듬이란?**
  Know-Act-Review-Enjoy (알고-행동하고-회고하고-즐기는) 리듬을 뜻합니다.
  당신만의 KARE 리듬을 정하면 목표 달성뿐만 아니라 에너지를 관리하기 더 수월
  해 질 거에요.

  What is KARE Rhythm?
  It refers to Know-Act-Review-Enjoy Rhythm.
  Setting your own KARE rhythm will help you stay on track with your
  goals, and you'll be better at managing your energy level.

- **어떤 것/누구에 대해 더 알고 싶으신가요? 그 이유는 무엇인가요?**
  What/Who do you want to know more and why?

- **알기 위해 어떤 노력을 하면 좋을까요?**
  How do you plan to act on it?

- **노력하는 과정/결과가 어땠는지에 대해 어떻게 회고하는게 좋을까요?**
  How do you want to review your actions?

- **어떻게 하면 Know-Act-Review 패턴을 더 즐겁게 반복할 수 있을까요?**
  What would you do to enjoy this pattern?

161

THE STEADY BOOK

초판 1쇄 펴낸 날   2024년 1월 25일

지은이   KOKO(코코)
펴낸이   장영재
펴낸곳   북엔
전화   02-3141-4421
팩스   0505-333-4428
등록   2012년 3월 16일(제313-2012-81호)
주소   서울시 마포구 성미산로32길 12, 2층 (우 03983)
전자우편   sanhonjinju@naver.com
카페   cafe.naver.com/mirbookcompany
SNS   instagram.com/mirbooks